Coleção Sigmund

Aldir Blanc

Guimbas

Prefácio de Nani

Ilustrações: Fábio Monstro!

DESIDERATA

Coleção Sigmund

CONSULTOR DE HUMOR

EDITORA
Gabriela Javier

COORDENAÇÃO EDITORIAL
S. Lobo

PRODUÇÃO EDITORIAL
Danielle Freddo

PROJETO GRÁFICO
Odyr Bernardi

DIAGRAMAÇÃO
Fábio Monstro

REVISÃO
Rebeca Bolite

PRODUÇÃO GRÁFICA
Vitor Manes

EDITORA DESIDERATA
Rua Nova Jerusalém, 345 – Bonsucesso
Rio de Janeiro – RJ – CEP: 21042-235
Tel.: (21) 3882-8200 – Fax: (21) 3882-8212 / 3882-8313
www.ediouro.com.br

CIP-BRASIL. CATALOGAÇÃO-NA-FONTE
SINDICATO NACIONAL DOS EDITORES DE LIVROS, RJ

B571g

Blanc, Aldir, 1946-
Guimbas / Aldir Blanc ; ilustrações de Fábio Monstro. - Rio de Janeiro : Desiderata, 2008.
il. - (Sigmund ; 8)

ISBN 978-85-99070-66-6

1. Humorismo brasileiro. I. Monstro, Fábio, 1980-. II. Título. III. Série.

08-1528. CDD: 869.97
CDU: 821.134.3(81)-7

006286

Em memória do Henfil que, em
***O Pasquim*, vivia me dizendo:**
“Humor é pé na cara.”
E dedicado a seus discípulos.

Se existe a Semana da Asa, temos a obrigação de comemorar o Mês da Moela.

Aldir Blanc e a Multiplicação das Pedras

Millôr Fernandes definiu: "humor é mau humor". Os textos humorísticos de Aldir Blanc, escritos dentro da definição milloriana, escancaram na nossa frente a piada engraçada e demolidora. "Humor é pé na cara", disse Henfil ao iniciante humorista Aldir Blanc na redação d'*O Pasquim*, no tempo da ditadura. E, desde aquela época, ele nunca transigiu, nem fez concessões; seguiu fazendo (paralelamente à de compositor) sua carreira na imprensa com quatro pedras nas mãos, soltando seus petardos certeiros. "Nada é sagrado", seria a frase de sua bandeira, se ele respeitasse alguma bandeira.

O globo terrestre é chato nos pólos, a gente aprendeu na escola; com o "politicamente correto" corremos o risco de ver o mundo chato em sua totalidade. Humor que pede licença não é humor. Não se pode fazer humor em três vias e com firma reconhecida. O escritor mineiro Wander Piroli bradou certa vez "quem não ri, não presta". E quem não ri, claro, não quer que ninguém ria. Daí que o humor vem sendo enquadrado; vez por outra, um humorista é processado por uma piada que mostrou algum poderoso com a bunda de fora, pagando cofrinho ao se abaixar para meter a mão nos cofres públicos.

A censura oficial dos milicos nunca conseguiu neutralizar a força desinibidora e libertária do humor. Hoje, enfrentamos a censura que não ousa dizer o nome. A censura que se esconde dentro do suspeito conceito de "politicamente correto"; e em nome destas duas palavrinhas, os que não riem e que não prestam (a dita "gente séria deste país"), tal como carimbadores malucos, vão rotulando o humor: "esse é grosseiro, aquele é ofensivo, machista, racista, homofóbico, esse humorista é assassino de reputação, esse humor é pornográfico, esse humor é inteligente, esse humor é fino", e outras etiquetas mais. Qual é? Não tem essa de: HUMOR! AGORA EM SABOR LIMÃO. Humor tem que ser crítico e engraçado; e ponto final.

Como na piada clássica, quando disseram para o brasileiro: "O comunismo vem aí!", ele respondeu: "Deixa vir que nós avacalhamos com ele". Assim, os humoristas que não abaixam a crista tentam avacalhar o politicamente correto, lutando contra suas amarras. E Aldir Blanc faz isso muito bem, não se deixando ficar preso nas peias dos censores de todos os matizes, dizendo que peia de fiofó é rola, sem papas e nem bispos na língua. Faz humor que atinge o osso, o humor do povão; o humor que surge alegre e espontâneo contra os poderosos. “Pedofilia não é coisa muito católica. Pensando bem, é sim”, escreve. E, tal qual um Cristo, Aldir continua fazendo a multiplicação das pedras nas páginas deste livro, transformando-as em piadas, tiradas, pensamentos e achados filósofo-humorísticos, que nos lavam a alma.

A história é escrita pelos vencedores, mas a história escrita por humoristas como Aldir Blanc, Ivan Lessa, Millôr, Sérgio Porto, Bione, Luís Pimentel, o pessoal do *Casseta & Planeta*, Allan Sieber, Adão, Cláudio Paiva, Son Salvador, Verissimo, Laerte, Angeli, Ziraldo, Claudius, Jaguar e outros mais (os ditos politicamente incorretos), é muito mais divertida. E este livro, *Guimbas*, no futuro, quando o Brasil for o país que queremos, com certeza vai cair no vestibular.

Nani

TOC!
TAP!
TAP!

ADVERTÊNCIA

Assim como Henfil vivia repetindo a mim, em *O Pasquim*, que “Humor é pé na cara”, lá também ouvi que “*a Graça não respeita nada*”. Talvez em razão dessas lições, acho que o politicamente correto – e não interessa se estamos falando de sexo, minorias, feminismo, raças, credos etc. – é a morte do humor.
Taí o resumo do livro.

O verão carioca é a época do ano em que as pessoas que andavam com a bunda de fora passam a andar com a bunda de fora.

Mendigo que se esconde embaixo de viaduto anda mais rasgado que frevo em Olinda.

As moças de boa família, que abrem fácil as pernas, costumam sacudir a cabeça em negativa ou murmurarem "não, não, não" toda vez que a transa significa "sim, sim, sim", ainda mais se tiver bebida merda e um charro de marofa dando força.

A diferença entre cachorros e balzaqueanas que rebolam em blocos carnavalescos é que o latido das segundas tem um U a mais: UAU!

Em memória do amigo Roberto M. Moura
A distância entre a vida e a morte é do tamanho de um carrapato.

Nem todo sujeito pusilânime é gilete.

O *pathos* vinha matando alegremente, quem? quem?

O Bispo Tutu é ótimo. E fica melhor ainda com torresmo, couve à mineira e uma branquinha pra abrir os trabalhos.

A maconha pode estimular, e muito, a criatividade Vejam o caso do..., da... Pois é.

A partir das declarações da cafetina Sra. Jeany Corner, será obrigatório, nos debates eleitorais, o Teste da Farinha.

A frase costuma ser "a vaca foi pro brejo", mas, no caso específico do senadô Réu-nan, o brejo é que foi, bom...

Pro João Ubaldo Ribeiro
As carpas da Granja do Torto, quando afloram à superfície, graças à animação do churrasco presidencial, fazem, em vez de *slurb*, *sluruba*.

As digitadoras, quando não estão digitando, digitam muito mais gostoso.

Contrato de risco é aquele em que a gente abre o risco e eles dão um trato.

No governo Lula, doença infecto-contagiosa é confundida com Presidência do Senado.

?
DR HANS
CHUCRUTE

Carece de fundamento a informação de que o pretenso chefe do PCC, Marcola, tem o sonho de fundar um plano de saúde, o PUNINMET, para tratamento definitivo de desafetos. Mataria por um precinho bem mais camarada do que os praticados pelo cartel em vigor.

Mulher que é mulher não quer um marido perfeito, um amante ideal, um amor platônico. Mulher que é mulher quer um corno!

Pro Tulípio
No celular:
– Alô? Oi, mãe! Mãe?! Não é a mãe do Tulípio que fala? Ah, como vai, Silvinha? Beleza? É, fiz confusão entre você e a minha velha. Sacumé, meu anjo: de uma, eu saí. Na outra, eu tô a fim de entrar...

Aí, otários: nos velhos cagadouros da Central do Brasil, o pé-rapado compra o jornal antes de entrar na fila não para limpar o rabo, mas para esconder o rosto. Há mais dignidade neles do que nos ministros e parlamentares que cagam em público com a boca ávida.

Pro Edélsio
Dez entre cada nove brasileiros são vigaristas
Zum-zum, zum-zum, zum-zum, tá sobrando um!

Taquicardia sinusal pode ser revertida com uma simples punheta.

A grande maioria do
no fi

Eu leio muito. Principalmente sobre espaço sideral e religião. Sempre volto a uma obra desse famoso cientista que morreu o Ca, Cal...
– Carl Sagan?
– Esse! Estou sempre relendo Cosmos, Damião, Doum.

George W. Bush é bêbado, refratário, desertor, assassino de negros e hispânicos, mentiroso contumaz, ou seja, presidente dos Estados Unidos.

Pro Paulo Roberto, da Eldorado
Na segunda-feira é fácil reconhecer o sujeito que saiu do Maracanã no domingo anterior, encheu os cornos e se meteu numa discussão sobre o resultado do jogo Vasco X Flamengo. É o que tem 12 pontos na testa.

Juras de fidelidade morrem mais rápido que bebê em enfermaria de prematuro.

rasileiros vê o túnel a luz.

A maioria dos animais domésticos sofre maus-tratos porque seus donos são animais domésticos.

IDIOTA!
CARALHO!
PARIU

Entreouvido no bar K:
– Meu casamento anda pior que engasgar com mil-folhas.

Desde Okinawa, a primeira coisa que os Estados Unidos fazem ao ocupar um território é abrir quartel-general, boca de fumo e puteiro – normalmente no mesmo prédio –, mas não necessariamente nessa ordem.

Amo a poesia de Vinicius de Moraes, mas "não há nada como o tempo para passar" é verso de quem não esteve numa enfermaria de fraturados.

Nos *butecos* do Rio, quando se fala em "anos de chumbo", a rapaziada se atira embaixo das mesas.

Pro Luís Pimentel
As santas-do-pau-oco gostam mesmo é do pau cheio.

Em Brasília, constatação é feito meter o sorvete de casquinha na testa.

Copacabana é a surfistinha do mar.

Do meu ex-ministro favorito, Marcio Thomas Bastos Bustos DeMillus: “Jogar uma galinha sobre uma mulher é como atirar uma paca num gay ou um gambá no Aldir Blanc.”

Longas paixões lembram violentas crises de diarréia: batimentos acelerados e contorções corporais no começo, a maior cagada, com corpos estranhos.

A semelhança entre os padres-cantores e a defesa do Flamengo é que eles professam amor ao manto sagrado, mas falham nas jogadas pelo alto e acabam levando bola nas costas.

Do meu afilhado Basile sobre o laudo de uma conhecida que sofreu agressão sexual e sodomia:
– Deu positivo. O Instituto mede cu legal.

Refazendo a famosa frase de Neném Prancha: O pênalti é coisa tão importante que deveria ser cobrado pelo Galvão Bueno.

Advertência:
sou avô, mas não tô morto.

eferenciais:

O rato e o ralo, apesar de viverem na imundície, não são do PMDB.

Pra Claudia Rodrigues

Curioso que a maioria das mulheres, quando conta aos maridos que tem um cara novo no trabalho, o descreve como baixote, cabeçudo e burro.
Um belo dia, o conhecemos por acaso, e ele é ligeiramente parecido com o Paul Newman.

Em Medicina, segunda opinião é aquela que faz você voltar correndo pra primeira.

Quando se trata de caixa dois, o publicitário Duda Mendonça não tem a menor *duda*.

Carnaval é trampa da pesada
com pau sujo e xota mal lavada.
É bom avisar a esses trouxas:
Baco foi feito nas coxas!
(Nota da redação: Baco nasceu de uma coxa de Júpiter.)

O sonho dos membros do Supremo Tribunal Federal é serem transferidos para a diretoria da Liesa.

Pro Miguilho (em memória)
Um banco de dados jamais abolirá o bazar.

Quando não há guilhotina, o fim do caminho é pau, é pedra...

Em Uganda, muitos militares confundem tiro pela culatra com flatulência.

Jair Bolsonaro quer ser presidente do Afgalisteu.

Uma secretária disse ao ex-presidente do Senadinho, Severino Cavalcanti, que o pôr-do-sol estava lindo, e ele perguntou:

– Quanto querem nele?

O verdadeiro sedutor barato não tem água corrente, é roncolho, caga bolotas e dorme sobre a amante.

O carnaval foi um rio que passou em nossas vidas. Hoje é balde de água podre, desfile de *Aedes aegypti*.

O jornalista:
– Bateu a inspiração e acho que escrevi o artigo mais bacana da minha vida pro Dia Internacional da Mulher, sobre o direito delas à dignidade, a serem donas do próprio corpo e o usarem como bem entenderem em prol da liberdade sexual. Ficou uma beleza!
– Tua mulher leu?
– Não deu tempo. Cheguei em casa e peguei ela falando, voz melosa no telefone, com um cara do trabalho, um tal de Rodolfo, que tem fama de conquistador. Bati em retirada, para sempre.

Mães, melhor não tê-las. E a dos outros, como comê-las?

Você é uma supernova,
paixão incrível e remota.
Tanto esperei sua luz!
Quando chegou tava morta.

Hoje em dia, "ficar"
trepadinha fingind
nov

Pro Adão Iturrusgarai
O azeite é virgem; a moça também. Só que o primeiro não dá o cu.

Informado sobre a vitória do candidato democrata Obama em várias convenções, o suposto líder da KKK no Texas, Adolf Pass O'Rhodo, declarou:
– Nós, da KKK, não temos nada contra um primeiro presidente negro nos EUA. Muito pelo contrário. O contraste com a Casa Branca dá um ótimo alvo!

Vino veritas – Uma briga de casal desgraçada, com patrulhinha na porta. Os PMs se entreolharam: dá pra ouvir lá de baixo os gritos de puta, escroto, modelo de merda etc., etc.
Veritas in vino – provavelmente Sangue de Boi.

Parafraseando Caetano Veloso, o religioso Martelo Roça vive exibindo seus padres poderes.

om alguém é dar uma
ue está nascendo um
mor.

Os "bispos" evangélicos presos fora do Brasil acham que Cordeiro de Deus e hambúrguer são a mesma coisa.

DOUBLE DÍZIMO!
LOUVADO CHEDDAR!
FÉ NAS FRITAS!

Militares gorilas odeiam quando a turma manda-os pentear macaco.

A Índia ainda é misteriosa e exótica porque lá eles não têm o que comer e possuem arsenal atômico.

O conceito parreiral de "crescer ao longo da competição" tirou o Brasil da disputa pela tal Sexta Estrela. Bem feito. Quem cresce na competição é pica.

Meu bloco favorito é o *Amigo de Baiano pra Mim É Homem.*

Todo sujeito que enche a boca pra falar no significante não passa de um insignificante.

Quem vê cara só vê bunda se pedir pra virar de bruços.

Muita conversa sobre sinuca. Pura cascata. Sinuca é, basicamente, um jogo no qual o taco espirra e a entrada resvala na borda, tipo sexo apressado em Niterói.

Deus escreve errado por linhas escrotas.

Pra Heloisa Seixas
Os bares não servem apenas o que está no balcão, mas também a inesgotável dádiva de seus freqüentadores ao humor popular.

A mulher que não vale nada vale muito pra quem acha que ela tem valor.

Eu adoro futebol, mas essa coisa de "a busca da sexta estrela" parece livro de auto-ajuda ou coisa de viado.

Ato falho do arcebispo de Brasília: "Apesar dos problemas, a Igreja ainda é a Casa da Dinda, opa, de Deus."

Mais vale um papagaio fanho nas mãos do que dois Espíritos Santos voando.

No ânus*, a chamada Prega Rainha é aquela que ninguém mais tem.

A terceira idade surge quando cortar as unhas do pé esquerdo equivale a uma hora de musculação.

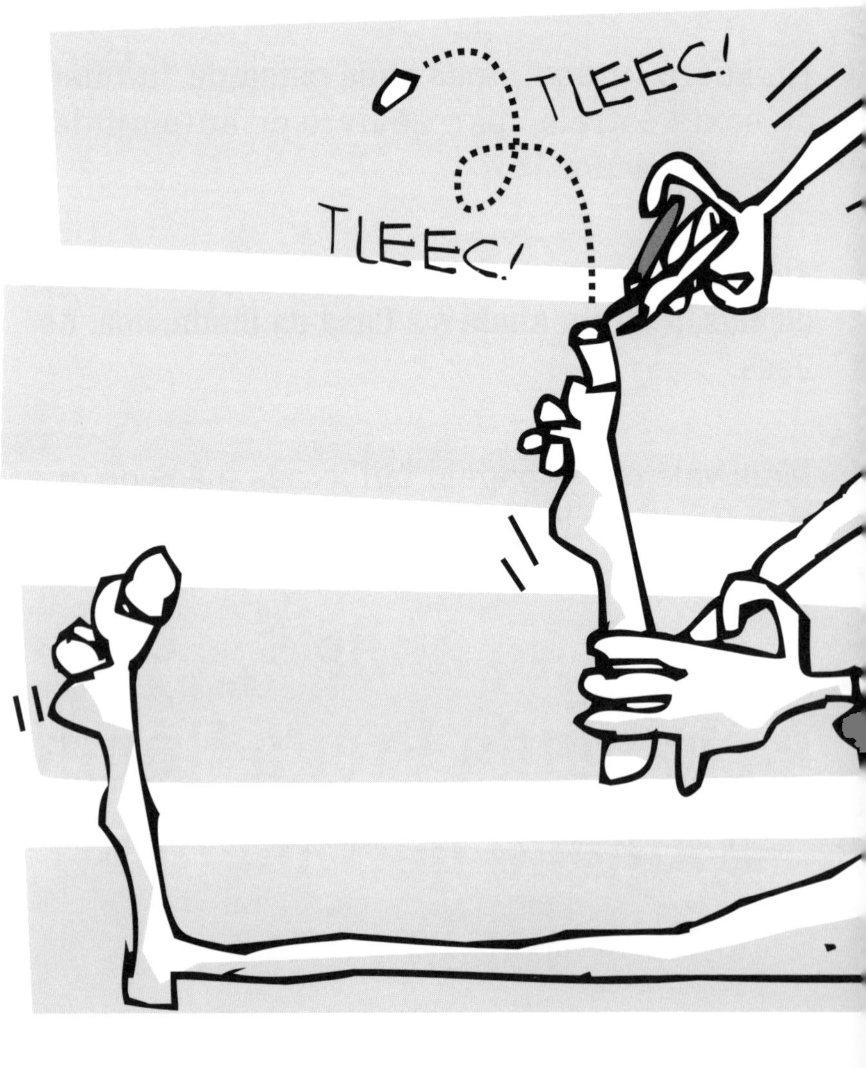

Chico Buarque escreveu: “Carnaval, desengano”. Ouso discordar do mestre. Carnaval é um engano interminável, entre confete e serpentina. O Pierrô andava meia-bomba, o Arlequim é um burocrata de merda, que só pensa em desfalque e teve seu momento de glória porque a Colombina se comportou feito uma vaca.

Coices de cavalo podem matar. Os rabos-de-cavalo e certas mulheres provocam priapismo.

A nebulosa de Magalhães não tem nada a ver com o falecido ACM, embora a carreira política do senador baiano tenha sido um bocado nebulosa.

Quando um monte de babacas na esquina vê passar a vizinha e diz: “Essa aí manda bem”, a frase quer dizer exatamente o contrário. “Essa aí toma bem.”

A campanha *Saúde da Boca* é uma espécie de boquete politicamente correto, com direito a voto de engole ou cospe.

Marketiiinnng é a única profissão do mundo que ricocheteia.

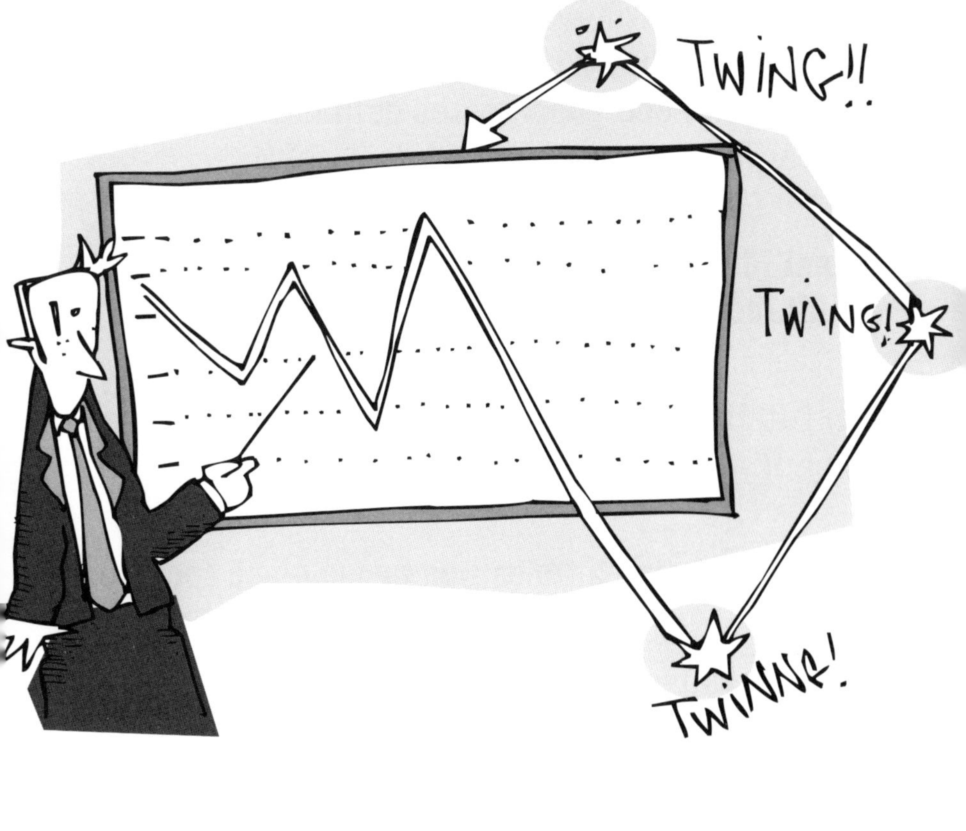

Pra Chico e João Bosco
Meu afilhado Basile saltou de um táxi carregando grossos volumes de arte flamenga. E entrou no Momo. Atirou-os, com seu jeitão displicente, sobre a mesa do Motauri e do Ceceu:
– Fiquem com essa porcaria pra vocês.
Ninguém entendeu a razão de tanto ódio. O cara literalmente espumava. Buda, que é médico, tentou esfriar os ânimos:
– Senta um pouco, respira fundo. Qual é o problema?
– Ter a coragem de apresentar isso como *arte flamenga*? Você passa estes calhamaços página por página e não vê um gol do Zico?!

Deixai Idi-Amin as criancinhas, e elas subirão rapidinho pro Reino dos Céus...

Em futebol paraolímpico não vale gritar "perna-de-pau!" nem "ô, cego!"

Baleia com baixa auto-estima pensa que é cocoroca.

Profissionais da difícil vida fácil sempre tentam arrancar um "extra". Já as amadoras costumam se contentar com chope, batata frita e filezinho aperitivo.

Baixinho coloca roupa safári e cassetete de cortiça pra atravessar o carpete.

O padre Martelo Roça não sabe a diferença entre missão apostólica e micção após-cólica.

Mulheres de programa bebem, mas não vomitam. Ou melhor, só jogam cargas ao mar em casa, na frente da mãe, filhos e marido penalizados.

Pra Claudia Jimenez
Na Penha, durante os torós, só se salva Nossa Senhora, e não por sua santidade, mas por ter sido inteligente o bastante pra ficar no alto das escadas...

O carnaval foi uma festa do povo. Hoje é um desfile de putas, ou quase isso, ou pouco mais que isso, que se acham celebridades; conduzido e organizado por viados, que se julgam artistas geniais; todo mundo financiado por um pessoal que vive entrando e saindo da cadeia. Mas, como diz a modinha, “a saudade mata a gente”.

Nos primórdios do nobre esporte bretão, *airbag* era a expulsão do ar, quando a bola atingia, na barreira, o saco do zagueiro.

Nos anos 1950, o Inconsciente Freudiano ficava na esquina das ruas Pinto de Azevedo e Pereira Franco.

George W. Bush é alcoólatra, mas não é anônimo.

Tarde tranqüila no bar. Aparece um evangélico pregando sobre as línguas do Espírito Santo e dos Apóstolos, que acabaram falando de forma incompreensível como se estivessem embriagados. Comentário do Ceceu Rico:

– Amigo, leva a mal não, mas basta passar aqui no Momo, depois das três da tarde, pra ver esse milagre ao vivo e a cores todo santo dia.

WGSTOBURE-
LARPEXTONEZ
DASNAHVAION...

Pra Bete Mendes
O *buteco* é a última trincheira das palavras. Lá a palavra revive. Aviltada por parlamentares, coagida por juristas, totalmente avacalhada por pregadores, padres, "bispos" e magos – para não falar nos farsantes presidentes do Senado Federal –, a palavra resiste na boca sem dentes, na saliva do bêbado, na anedota, na gozação e no apelido.

Dois testes podem ajudar as controvérsias entre amantes com filho e dirigentes de futebol: o DNA e o bafômetro.

A perereca da vizinha não fica obrigatoriamente num copo d'água sobre a mesinha-de-cabeceira. Às vezes, dá grilo e a barata voa com o bicho-pau do vizinho de cima, também conhecido como sento-a-peia.

Depois que criaram o vagão só para mulheres, graças a Deus, a passada de mão na bunda aumentou consideravelmente.

Às vezes o cara sai de casa disposto a traçar o javali do Nova Capela e acaba comendo o viado em frente.

Dois dedos de procto:
1 – Amigo ou não, a maior tristeza sentida pela morte do proctologista é ter que mostrar o rabo pra outro.

2 – O homem só é fiel a seu proctologista.

Já que Réu-nan se associou a um tal de Gim, passou a ser conhecido como Tônica. Agora só falta um corrupto disposto a ser, por dinheiro, a rodelinha de limão.

Pior que a criminalidade dos Zé-Manés são os engodos dos Zé-Manets sorbonnados feito FHC I e II.

Na Igreja Católica, quando um jovem padre se destaca, é saudado como possível pré-Núncio. Já o que tenta violar o coroinha na sacristia não passa de um pré-Púcio.

Carnaval já foi meu lume.
Hoje é tudo boi e vaca
que o aleijado entrevê
pelas frestas do curtume.

Encontraram-se na Terça-feira Gorda. Foi tesão à primeira vista. Por isso, tudo ocorreu espontaneamente sem o incômodo da camisinha. Estão morrendo de Aids, quase lado a lado, em enfermarias no quarto andar do Hospital Gaffrée e Guinle.

O conferencista: "Escrevi algumas notas, mas a polícia apreendeu porque eram falsas."

O ex-parlamentável Severino Cavalcanti acha que a melhor base de sustentação ainda é o suporte atlético, vulgo culhoneira.

Pro Guinga
Canguru é um bicho com varanda.

Não sei se é verdade, mas me contaram no Bar do Momo que um babalorixá, com dívidas na vida laica, recebeu, na Tenda Odá ou Desce, o caboclo Cacciola, que passou a tomar dinheiro dos fiéis freqüentadores da tenda com uma garra de fazer inveja à dupla da Igreja Reabortar. Deu-se um bafafá, e prenderam o vigarista na casa do cachorro Batuque. Já à beira do linchamento, um outro patife recebeu Pai Marcus Aurelius "Colloridus" de Mellos e mandou soltar o elemento. Hoje o liberal é consultor de Projetos Espirituais do Ministério da Cultura.

JOHNY
XXX
PROPINA
PATO COM LARANJA
CAVIAR

Os *stunts* – tá bom, dublês – antes de partirem para fazer carreira nos EUA, treinam quedas no Congresso Nacional do Brasil.

O chester Perdigão não jogou no Vasco e transferiu-se para o Corinthians. Aquele gorducho de chuteiras é o peru (de roda) Sadia.

Em matéria de cabeça engomada, o botox substituiu o gumex.

Ao contrário dos narcotraficantes, os mercotraficantes dão entrevista toda hora no canal Bloomberg.

Uma tirada do Lan: "Pensai é a segunda pessoa do plural do imperativo afirmativo do verbo pensar e não suporte atlético de japonês."

Sete entre cada dez brasileiros têm medo de bala perdida. O enterro dos outros três foi ontem.

"Já comi!" fica no passado porque quando o babaca se refere assim a uma bela mulher que passa pelo *buteco* ele já não come mais ninguém.

Um dos SPAs mais afamados do Rio fica na carceragem da Polinter: é conhecido como Ponto Zero.

O siri-patola, em que pese o nome, não é homossexual, embora participe, disfarçadinho, em molho de pirarucu.

Apesar de oxítona terminada em U, cu tem assento.

– Malandro, o buraco na camada de ozônio tem três vezes e meia o tamanho do Brasil.
– Pior é que o buraco do Brasil tem muito mais de três vezes e meia o tamanho do buraco da camada de ozônio.

Descontando a garra de Victorino Chermont e outros poucos repórteres, certas transmissões ao vivo deveriam ser chamadas de ao morto.

Baby Bush vai derrubar as árvores para evitar os incêndios. É a vitória da política "cornos, tirem o sofá da sala!"

O pior tipo de pilantra é o que parece honesto. Claro que não estou me referindo, de jeito algum, ao senadô Azeredo.

Pro Geraldinho Carneiro
Fazer dos orifícios um ofício não é só coisa de prostituta, não. Há parlamentares que deram a bunda para a ditadura e hoje pretendem mostrar o pau como se o tivessem.

Pelo jeito que meus netos estão viciados, urge uma CPI dos narcoshoppings.

O torturador solícito sempre pergunta: "Cumé qui cê vai querê os ovos?"

A SS também era tropa de elite, mas não ganhou o Urso de Ouro.

Não é verdade que o senador Sibá "Barranquilla" Machado esteja de viagem marcada para o México onde integrará o Trio Los Fanchos.

Normalista alguma jamais cumpriu as normas, principalmente as Normas Lúcias.

As neuroses de um homem contam, pelo sofrimento, (quase) tudo que ele não quer contar.

Quando o sujeito está praticamente morto é que aparece alguém falando em melhorar sua "qualidade de vida".

Povos do extremo Norte, quando se invocam, mandam os vizinhos tomar na tundra e acrescentam: "Vê se não *fiorde*."

Muita ama-seca fica molhadinha, fácil, fácil...

Nem todo fumante está metido na chacina de Queimados.

Penteando:

No lançamento do *Maracanã*, livro-homenagem do amigo João Máximo, puxei Zizinho, o lendário mestre Ziza e, mal-intencionado, perguntei:
– O que você acha do volante de contenção?
A resposta do sábio:
– Volante guia. Quem faz contenção é o freio.

O poeta é um fingidor.
Finge tão completamente
que chega a fazer cocô
quando tem prisão de
ventre.

-VERSINHO!

É claro que existe uma diferença fundamental entre a vadia e a honesta mulher casada: a vadia bota pra quebrar, ao passo que a honesta, se aparecer uma ocasião propícia, faz tudo igualzinho à vadia – só que marca um almoço pra agradecer a atenção dispensada e diz, com nuances de samba-canção: "Nosso caso está na hora de acabar. Obrigada por tudo. Você foi ótimo. Mas sou honesta, entende?"

Se conselho fosse bom, o parlamentável Réu-nan venderia vários deles com notas frias, usando laranjas.

Casa-Grande & Senzala é um clássico, porque mostra como a Casa-Grande de Brasília continua escravizando a senzala. "Vai para o tronco ou não vai?", como diria o Chacrinha.
P.S.: Não confundir Chacrinha, falecido animador de TV, com a Granja do Torto.

Quando mulheres justificam um sarro ou güenta, falando em "nojo gostoso" é porque o gostoso foi muito superior ao nojo.

É no *buteco* que novas expressões são criadas e (di)fundidas no caldinho das caipiras, louras e tira-gostos. Entreouvido no Momo:
– E a namorada?
– Assim, assim.
– Você parece meio desanimado.
– Ela é um tanto ao quanto, não obstante inalcançável, embora de somenos, perante a nível de contrapartida.
– Ah!

Metrô no Brasil é uma espécie de *Taenia solium.*

A peste da galinha é uma doença causada por um agente com poder aquisitivo ligeiramente maior do que um cabra da peste – a menos que o cabra e a peste sejam parlamentáveis brasileiros.

Os componentes do imortal Trio Los Panchos foram substituídos por Gringo Viagra, Fernán Ciales Piquim e Lucho Levitra. Só que os novos membros desafinam sempre no trecho "*hasta que tú decidas regresar*".

O psiquiatra:
– Em que posso ajudá-lo?
O paciente:
– Eu tive um orgasmo incomum...
– Pode acontecer. Conte como foi.
– Não sei se tenho coragem...
– Eu estou aqui para desbloquear sentimentos como esse. Conte como foi e você vai se sentir melhor.
– Lavando a bunda no chuveirinho do bidê.

Poucos sabem a verdade, mas o problema com o lançamento do foguete brasileiro, na base espacial de Altamira, foi que o responsável pela contagem regressiva se distraiu e mandou: "Coelho, cobra, camelo, carneiro, cabra, cachorro, borboleta, burro, águia e avestruz." Buum!

Filhas putativas não fazem, necessariamente, boquete por dinheiro.

Priapismo (justificado) é uma doença que provoca ereção permanente e acomete membros do Senado Federal. Só desaba quando eles voltam atrás na fanfarronice: "A palavra renúncia não existe no meu dicionário."

O cara descobriu que a esposa estava dando para um engenheiro que trabalhava com tecnologia de ponta. Deu-lhe um esporro que todo o Momo (*buteco* com o melhor PF do Rio de Janeiro) ouviu calado.
– O fato de você babar com tecnologia de ponta não é a mesma coisa que tecnólogos usarem a ponta pra encher a sua boca, sacou?

Sérgio K-Naya é contra-indicado para disfunção erétil.

Toda vez que escuto falar em “novo projeto ou formato”, trato logo de sacar minha garrafa.

Quando meu médico soube que o Jaguar pediu para que eu bebesse por ele e pelo Fausto Wolff, enquanto se recuperavam, disse de forma um tanto seca:

– Tá. Vou preparar seu atestado de óbito.

Os parlamentáveis do Congresso Nacional pensam que política é uma suruba onde todo mundo come todo mundo.

Basile, referindo-se à mãe de um sambista, entra aos gritos no *buteco* Momo.
– Seqüestraram a mãe do Salgadinho.
Birigüi do Valqueire, com umas cervas na cuca:
– Não há mais nada sagrado, pô! Seqüestrar a empada?!

O roqueiro não queria cair no modismo e escolheu um nome simples que sintetizasse o som de sua banda:
GRUPO ESTRUMENTAL.

Prostitutas e meretrizes, por dever profissional, mentem muito menos ao longo da vida do que as chamadas caras-metades. A outra metade também mente.

Em memória do amigo Paulinho Albuquerque
Não vi *Dois Filhos de Francisco* mas achei um pé no saco.

Eu virei compositor pra não ser torsipocom.

Não se deve confundir o papamóvel com o móvel sobre o qual o padre pedófilo papa os sacristãos.

Quando se avaliam alguns oficiais do Estado-Maior de Israel, a gente fica achando que a circuncisão deveria ter sido praticada na cabeça de cima.

Os torturadores são volantes de contenção políticos.

Prostitutas politizadas consideram as vadias concorrência desleal.

Eu não traí meu marido. Apenas terceirizei a prática sexual contratando meu vizinho.

No *buteco*:

– Meu pinto é muito mais importante do que o mico-leão e ninguém faz campanha pela sobrevivência dele, embora também se encontre em extinção...

NOVE DOSES (DE ÁGUA MINERAL) - *Pra Jaguar e Fausto Wolff*

1. Só porque nossas aeronaves são velhas de guerra, não significa que tenham que pousar em Vila Mimosa.

2. Repensando Ortega y Gasset: eu sou minhas circunstâncias, mas não sou eu...

3. Quem semeia Obina, colhe segundona.

4. Depois da China de Deng Xiaoping, temos o Brasil de Dengue Miaupoing!

5. Não é de hoje que rapazes da Malhação jogam vinte no viado...

6. Em Uganda, o pessoal pensa que bunda se come no espeto. Bom, aqui também.

7. Para os afegãos de Cabul, Dunga com grão-de-bico é um prato muito apreciado.

8. Pedofilia não é coisa muito católica. Pensando bem, é sim...

9. A esperança não é a última que morre, mas é a primeira que pega fogo.

Os militares que afirmam que não houve tortura no Brasil são, pra resumir, da "ativa".

Após jogar querosene e incendiar 120 xavantes, 10 jovens ricos de Brasília foram liberados graças a um parecer de um supremo juiz com o argumento: "Cada um faz Quarup a seu modo. No caso, o dever do juiz é preservar a liberdade de expressão."

Obra-prima de Bob Jefferson, o ex-parlamentável que sumiu com 4 milhões de reais do mensalão e esbravejou na CPI:
– Não digo onde está o dinheiro e não vou dizer. Mato essa nos peitos. Delação premiada é coisa pra vagabundo.
Faltou acrescentar:
– Vagabundo é o alvo da delação premiada.

Já vivemos sufocados pela ditadura, hoje vegetamos enredados na dita mole.

Não é justo confundir carro na vaga da diretoria com vaca no carro da diretoria.
O primeiro tem freios.

Passamos de "A cobra vai fumá" a "O fumo vai cobrá".

Li na Internet: “Show dos Racionais acaba em quebra-quebra.” Já pensaram no que aconteceria se eles fossem Irracionais?

A fé não remove montanhas. Já as bombas americanas lançadas no Afeganistão...

Não se sabe se Margareth Thatcher possui de fato testículos, até porque seu avantajado membro não deixa ver direito o que tem atrás.

A moça parou de fumar e ficou muito deprimida. Definhou, depois morreu. Pra ser preciso: ex-fumou-se.

Pobre mete W e Y em tudo, porque a vida deles é uma phodda.

SORRIA,
VOCÊ ESTÁ NA
PHAVEWLAH!

O bar K tem um bassê longo e magérrimo, que está sempre nas bocas, se caem restos de comida no chão, e vive rondando a caixa registradora. Não tinha nome. Fizemos uma votação e um ganhou por unanimidade: Marco Maciel.

Uma solução tipicamente brasileira seria pegar os 400 milhões da Alerj, realocando a verba destinada à compra de medicamentos para aidéticos.

Pro Luis Fernando Verissimo
As dezenas de chupetas perdidas um dia serão achadas na quinta dimensão.

Os fãs inveterados de Parques Jurássicos e seus dinos poderão ver, em breve, ao vivo, como eram os embates dos animais. Na próxima partida em que Emerson, do Milan, e Gravensen, do Everton, se enfrentarem.

Apesar de gordo, o falecido ACM não passava, como acidente geográfico, de um estreito.

No Brasil, pequeno que fala mais alto sobre sexo é anão.

A diferença entre a vadia e a piranha (*Serrasalmus nattereri*) é que a segunda morde mas não mente.

A fome é uma espécie de Auschwitz natural que os ricos usam para conter o crescimento do número de pobres.

A diferença entre uma puta profissional e uma mulher que se comporta como uma puta é altamente favorável à primeira: ela cobra por seus serviços.

Feijão é foda: deixa casca na boca e na cabeça do pau.

A diferença entre bonecas infláveis e mulheres estufadas de silicone e botox é que as primeiras dão mais tesão.

A terceira idade começa quando os familiares executam manobras sutis para deixar você à margem dos acontecimentos – e pior, na terceira margem.

Cientistas descobriram que a memória é capaz de editar e deletar, mas, para evitar pânico entre a população, não contaram que ela arquiva vastas sacanagens (nos diversos sentidos da palavra).

Quando o ministro Mangabeira Unger conseguir implementar seus projetos de longo prazo estaremos todos mortos.

Se o papa Bento Calibre XVI, representante de Deus na Terra, é infalível e atirou em mulheres e em crianças russas, como soldado da artilharia nazista; comandou o equivalente moreno à Santa Inquisição; menosprezou as outras religiões; ordenou que abafassem os crescentes casos de pedofilia na Igreja Católica e nomeou um agente da KGB cardeal de Varsóvia, por que eu não posso currar minha vizinha?

No mais, é como diria o rubro-negro Ronaldo Fenômeno: “Não tem cu, vai cu mesmo.”

Arremate

A mãe, costureira profissional, passava o dia inteiro à máquina, com um cigarro no canto da boca, que lhe fazia manter o cenho franzido por causa da fumaça, e um copo de cerveja preta do lado. A filha, de seus 20 anos, queria ser cantora do que chamava de bandas alternativas.

Quase não se falavam. A mãe, que a amava, por temperamento; a moça por um constante amuo, talvez, para usar suas próprias palavras, devido a "não conseguir espaço para realizar sua vocação".

Um dia, a moça apareceu na sala com uma pequena mochila e disse para a mãe, cujo rosto permaneceu inalterado:

– Estou procurando mudar de ares, sacou? Um lugar em que eu possa refletir e me guardar. Vou pra Mauá.

Um ano depois, voltou grávida. A mãe cuidou da filha e da neta sem uma palavra de censura.

Quando a criança estava prestes a completar seu primeiro ano, a moça, um pouco alterada por maconha, voltou a dizer:

– Tenho que me guardar num canto calmo. Planejar minha carreira.

E a situação se repetiu. Voltou de Lumiar grávida. Novamente, sem reclamar, a mãe a ajudou e criou as duas crianças.

Na terceira vez, quando a figura já estava saindo, com o mesmo papo de se guardar, a mãe botou o cigarro no cinzeiro, o que raramente fazia, chamou a moça, que já se encontrava na soleira da porta, deu um calmo gole na cerveja preta e perguntou:

– Aonde você vai se guardar desta vez?

– Sei lá. Tô pensando em Ibitipoca.

A costureira olhou a filha bem nos olhos, por um longo tempo, e arrematou a costura:

– Sua vó, que Deus a tenha, costumava dizer:

"Tesoura e boceta a gente guarda fechadas."

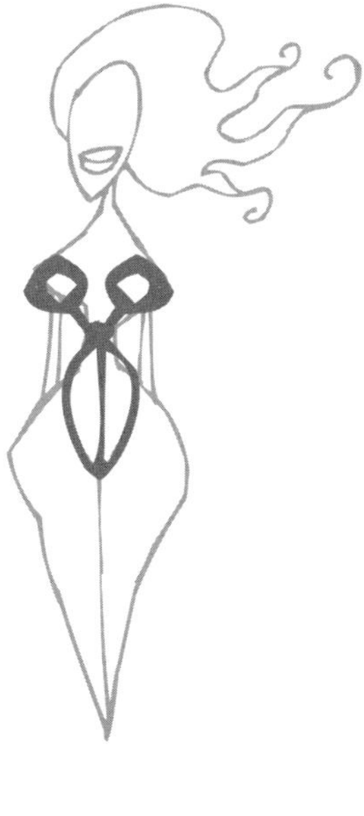

Guimbas

foi editado em agosto de 2008.
Miolo impresso em papel offset 90g e capa em
cartão triplex 250g, na Lis Gráfica, Guarulhos, SP.